KB085923

맏이

F i r s t b o r n

만이

루이즈 글릭 시집
정은귀 옮김

시공사

스탠리 쿠니츠를 위해

차례

III. 코튼마우스의 나라 COTTONMOUTH COUNTRY

I.

알
THE EGG

시카고 기차

THE CHICAGO TRAIN

내 자리 맞은편에 탄 사람들은 모두

별 움직임이 없었다: 팔걸이에다가 헐벗은

해골을 기댄 아저씨, 아이는 머리를

엄마 다리 사이에 파묻고 잠이 들었다. 독(毒)이

공기를 바꾸어 여길 장악했다.

그렇게 그들은 앉아 있었다―마치 죽음보다 먼저 마비가

그들을 거기 못 박아 둔 것처럼. 철로는 남쪽으로 휘고.

나는 보았다 그녀 가랑이에 뛰는 맥박을…… 아기 머리에 뿌리

내린 머릿니를.

알

THE EGG

I

모든 게 차에 들어갔다.
차에서 잤다, 잠을 잤다
모래 언덕 묘지의 천사들처럼,
다 가 버렸다. 일주일치 고기가
상했다, 완두콩들은
꼬투리에서 킥킥거렸고: 우린
몰래 다녔다. 그때 에드거타운에서
나는 들었다 내 창자가
아기 침대 속으로 굴러가는 걸……
대서양에서 속옷을 빨면서
태양의 바다에 닿았다
그때 빛은 물을 삼킬 것처럼
부풀어 올랐다.
에드거타운 이후에
우리는 다른 길을 갔다.

II

저 멀리 멸균기 너머로
그의 큼직한 손들이

모여든다, 육식성이다,
사냥감을 잡으려 한다. 그 아래
하얗게 똑똑 떨어지며, 그 막대기에
발가벗겨져 열리면서,
나는 보았다 램프등 여럿이
그의 안경으로 모여드는 것을.
드라마민. 당신은 그가
나를 강탈하도록 놔뒀지. 그런데
얼마나 오래? 얼마나 오래?
수술용 나이프들 너머로 나는 보았다
내 몸이 종이 결로
찢어진 것처럼 뻗어 있는 것을.

III
매일 밤 대양이 내 인생을
깨물고 있는 것만 같아. 주입구 옆,
구비진 포구 속
여기서, 계속해서. 안전하지 않아.
계속해서, 당신 숨결에
파문처럼 번지는 버번위스키

속에서 무감각하게
나는 묶고 있다……
해변으로는 물고기들이
들어오고 있다. 껍질도 없이,
지느러미도 없이, 대가리가
아직 붙어 있는 헐벗은
집들, 다른 쓰레기들과
함께 차곡차곡 포개진다.
껍질들, 껍질들. 달덩이들이
헐떡거리는 홍합들 사이로
입안에서 후루룩 거린다.
살은 튀겨지고. 또 행성처럼
날아다니는 파리들, 꽉 다문 껍질들이
파도의 성포(聖布)들 사이로
무턱대고 딸깍거리고……
그것이
알을 낳고 있다. 보라. 뼈들이
항복하려고 구부리고 있다.
캄캄하다. 캄캄하다.
아기 살점들을

담으려고 그가 우묵한 통을 가지고 왔다.

추수감사절

THANKSGIVING

방마다, 예일대 출신의 이름도
없는 남부 소년에 안겨 있는
내 여동생이 있었다 펠리니 테마를 부르며
여기저기 전화하면서,
우리는 개가 되는대로 벗어 놓은 부츠들을 옮기고는
앉아서 술을 마셨다. 밖은, 이십
구도, 길 고양이 한 마리가
현관 앞 차도에서 풀을 뜯으며
쓰레기를 찾고 있었다. 양동이를 긁기도 했다.
다른 소리는 없었다.
하지만 계속해서 그 거대한 위로의 성찬이 준비되어
난로 쪽으로 옮겨졌다. 엄마는
손에 꼬치들을 들고 있었다.
나는 엄마 주름진 피부를 가만히 바라보았다
엄마가 자기 젊은 날을 그리워하듯 포크에 꽂힌 죽음 위로
양파 조각들이 눈처럼 내리고 있었다.

망설이다 부르네

HESITATE TO CALL

네가 나를 던져 버리는 걸 보려고
살았어. 그물에 걸린 물고기처럼
내 안에서 싸웠네. 네가 내 걸쭉한 점액 속에서
펄떡이는 걸 보았어. 네가 잠이 든 걸 보았어. 이걸 보려고 살았어.
그 모든 것 모든 게 변기 물로 내려가 버린 걸
그 쓰레기가. 끝이 난 건가?
그것은 내 안에 산다.
너는 내 안에 산다. 악성이다.
사랑아, 넌 늘 나를 원하네, 그러지 마.

사월에 내 사촌

MY COUSIN IN APRIL

진파랑 하늘 아래, 뒷마당 우툴두툴한 루바브 사이에서
내 사촌은 아기와 함께 쪼그리고 앉아 아기 민머리를 쓰다듬으며
깔깔거린다. 창문으로 둘이서 바질을 뽑고 있는 게 보인다,
반짝이는 벽돌도, 사철 쑥 가득한 비단 같은 땅에서 나온
적갈색 흙을 뽑다가 그들은 길쭉한 차고 그늘 아래서
쉬고 있다. 요리조리 사촌이 아기한테 구부릴 때마다
어떤 가닥들을 부채질하는 섬세한 에메랄드빛이
내 사촌의 무릎을 스친다.
나는 사촌의 둘째 아이를 위해 스웨터를 짜고 있다.
그 수많은 저녁 시간 내내 그녀가 화가 나서 침대를 흔들어 대는
걸 못 들은 사람처럼
그녀가 그 울화에 갇혀 지낸 몇 년의 시간을 짐작도 못 하는 것
처럼……
오, 하지만 그녀 몸속에서 그 난리는 다시 돌아와야 했지. 제비
꽃 속에서,
진달래 속에서. 오고 있는 그 모든 정원을 돌고 또 돌아서
이제 내 사촌은 자기 아들과 함께 내가 잡으려고 잠시 멈춘 걸
스쳐지나간다, 막 돋아나는 풀밭 위, 그 이른 새싹들의 모습을.

잃어버린 아이를 돌려보내며

RETURNING A LOST CHILD

아무 움직임 없다. 우리 안에서,
선풍기의 부서진 꽃이 흐느적흐느적
흔들린다, 철사 줄 흘리면서, 그녀의 얇은
팔은, 파리끈끈이처럼, 그 소년을 휘감고 있다……
이윽고, 출입구를 막으며, 혀로
아이스캔디 뚱뚱한 막대를 빨면서 그는 보고 있다
내가 다른 방을 찾고 있을 때, 목발에 매달린
아버지, 깨어나길 기다리는 아버지를……
이제 고마움으로 짜낸 여자의 레모네이드가
내 컵에 담긴다. 그녀는 다 쓴 화장지를
끝도 없이 골라서 티끌로 만든다, 줄곧
그 남자를 빤히 바라보며, 딸깍 소리 들으며,
텅 빈 기둥을 빙빙 도는 남자의 뇌가 딸깍이는 소리.

노동절

LABOR DAY

그의 팔에 사랑스런 뭔가가 필요했기에
나를 코네티컷주의 스탬퍼드, 자기 가족의 농장
비슷한 곳에 데려갔다; 나중에는 찰리의 뚱뚱한
여자 친구를 태워 오고, 그러면서 주말용으로
세 번째 남자에게 나를 노리개로 넘기려 했다.
그래도 토요일엔 우린 여전히 짝이 되었다; 풀이
축축해져 호물호물해질 때까지 제멋대로
풀이 나 있는 그 넓은 땅을 가로질러 시간을
보냈다. 나와 같은. 존스턴-아기, 아직도 보인다,
복슬복슬 뭉개진 클로버, 까끌까끌한 씨앗들 가시 털과
끝없이 작은 방울들 토해 내는 깊은 목초지들. 너 개자식.

상처

THE WOUND

공기가 딱딱하게 굳는다.
침대에서 나는 엉킨 파리 떼,
귀뚜라미들이 키득키득
장난치는 걸 바라본다. 지금
날씨는 너무 끈적끈적하다.
하루 종일 눈앞에 있는 것처럼
고기 굽는 냄새를 맡는다. 당신은
책 속에 콕 박혀 있다.
당신은 당신 일을 한다.
여기 내 침실 벽은
페이즐리 무늬, 배아들이 꾸민
음모 같다. 나는 여기 누워서,
그것이 발차기 하길 기다린다.
내 사랑. 내 세입자.
덤불이 폭신하게
자라나 꽃 피우고 씨앗 뿌린다.
울타리가 몽글몽글 커져서
씨앗 뿌리고 달빛이 망사를
통과하듯이 흐르고 있다.
끈적거리는 커튼. 옆집 커플과

스크래블 놀이를 하면서 나는
당신이 빈칸을 꼭 쥐고 있는 걸 보았다.
그들은 둘 다 넴뷰탈을 먹는다,
진통제 말이다.

그렇게 나 못 박혀 버렸다. 끄덕끄덕
수긍해달라며, 조심스레 가 버리고서,
당신은 내 머리 위로 충실하게도 어른거린다. 나는
눈을 감는다. 그러니 이제
그 감방은 제자리를 찾았다:
잘 익은 것들이 빛에 흔들린다,
식물의 일부들, 이파리
조각들……
당신은 시트로 아기 침대를
덮고 있다. 내 느낌으론
끝이 없다. 끝이 없다. 그게 내 안에서
꺼져 버렸다. 아직도 그건 살아 있다.

실버 포인트

SILVERPOINT

내 여동생은, 대서양이 굽이굽이 휘며
철썩이는 그 옆에서, 빛을 흡수하고 있다.
여동생 너머로, 바닷말 둘둘 감긴, 큰 파도들이
줄지어 만나고 헤어지고, 바닷새들 둥글게 날며 포말을
일으킨다. 바람이 가라앉는다. 그녀는 변화를 금방 느끼지
않는다. 시간이 걸릴 것이다. 내 여동생은,
잠깐씩 뒤척이며 수건을 정리하고,
불 밑에서 닭처럼 갈색이 된다.

십이월 초 크로턴-온-허드슨에서

EARLY DECEMBER IN CROTON-ON-HUDSON

뾰족한 햇살. 얼음으로
잘려 나간 허드슨강. 나는
바람에 날리는 자갈들의 뼈다귀 주사위가
딸각거리는 소리를 듣고 있다. 본-
팔레, 최근에 내린 눈이
모피처럼 강에 꼭 붙어 있다.
꼼짝도 않고. 우리는 크리스마스 선물들을
전하려고 떠나던 참이었는데 작년 그때
타이어가 터져 버렸다. 죽은 밸브 위로 폭풍우에
꺾인 소나무들이 서 있었다, 나뭇가지들 다 헐벗고……
나 당신을 원해.

II.

가장자리
THE EDGE

가장자리

THE EDGE

몇 번이고, 몇 번이고, 나는

내 심장을 침대 헤드보드에 묶는다,

그러는 동안에 내 누벼진 울음들이

그의 손에 닿아 딱딱해진다. 그는 따분해한다 —

나는 그걸 본다. 꽃다발 물에 안 넣고 나 그가 주는

뇌물들을 핥고 있지 않지? 그가 핏물 어린 로스트구이에 돌진해서 자비롭게도

한 덩어리씩 나누는 걸 나는 성모님 레이스 너머로 본다…… 아이들 때문에

내 다리에 바싹 붙인 그의 허벅지를 느낄 수 있다. 보상인가?

아침마다, 이 집과 함께 불구가 되어서,

나는 그가 자기 토스트를 굽고 자기 커피를

얼버무리듯 음미하는 걸 본다. 그 쓰레기가 나의 아침이다.

할머니는 정원에서

GRANDMOTHER IN THE GARDEN

내 딸의 개울가 버드나무 아래엔
풀이 지렁이들과 같이 동그랗게
말려 있다, 그리고 세상은 밋밋한 집들이
진짜인 양 그럴싸하게 페인트칠 되어
마주하며 서 있는 거리로 가늠된다.
롱 아일랜드의 취한 여름 해는
펜을 들고 찡찡거리는 손자 너머로
그 비어 있는 소매들에서 어떤 무늬를
따라 낸다. 나는 내 인생보다 오래 살았다.
노란 햇빛이 오크나무 이파리에 선을 그린다,
아이의 변함없는 변화에 녹아내린 그 구불구불한
덩굴에도. 아이들은 다들 자기 남편들의 손을 갖고 있다.
내 남편은 피아노 위 아기처럼 대머리 툭 튀어나온 모양새고,
내 거대한 남자. 나는 눈을 감는다. 내가 던져 버린
모든 옷들이 내게로 돌아온다, 딸들의 속옷들,
그 구멍들도…… 그것들은 떠다닌다; 나는 그 얇은
여름용 순면이 대기처럼 떠다니는 걸 보고 있다.

전쟁 중 사람들 사진

PICTURES OF THE PEOPLE IN THE WAR

나중에 내가 그 차양을 당기겠지 그리곤
이 액체가 생명을 종이에서 끌어내게 하겠지.
방법을 말하면서. 네게 장비를
보여 주는 대신에 먼저 나는 그에 대한
내 시각을 공유하겠지: 거기 정착액에
잠겨 있는 그 머리의 각도, 그와 짝을 이룬
그 텅 빈 영혼; 보다시피, 그것은 속도와
조명으로 완성되는 것, 그렇지만 내 요점은 누구도
경험으론 그처럼 가까이 누구에게 다가가진 않는다는 것.
내가 찍었지, 이 사진들 전쟁 중인 사람들 사진,
약 일 년 전에—그네들 손은 내게로 열리고 있었지, 마치
언어처럼; 뒤에는 탱크들과 집들이 부옇게 있었고.

카레이서의 미망인

THE RACER'S WIDOW

악천후가 어우러져 배려가 되었다.
제비꽃들이 진흙과 잡초 위에 발작처럼
솟아나고 곧 새들과 옛사람들이
도착하기 시작하겠지, 중요 지점을 남쪽으로
옮겨 가면서. 하지만 신경 쓰지 마. 그의 죽음을 의논하는 건
고통스럽지 않아. 난 이 일을 대비해 왔어, 이별을 위해,
그토록 오래. 하지만 여전히 그의 얼굴은 나를
공격하네, 나는 차가 다시 기울며 달리는 소릴 듣네, 잠 속에서
사람들은 아스팔트 위에서 서로 엉기고. 그를 바라보면서 나는
내 다리들을 눈처럼 더듬네, 그가 거기 누워 소진될 때
마침내 그를 놓아주는 눈처럼. 또 그가 그 사랑스런 몸을
어떻게 해서 지키지 못했는지도 나는 보네.

눈물 흘리는 여왕의 초상화

PORTRAIT OF THE QUEEN IN TEARS

내 아버지, 돌아가신 그 별이, 언젠가 그러셨지,

아들아, 아버지 내게 말씀하시길, 아들아, 그러는 동안에

아버지 새끼손가락 위에선 에메랄드 행운이 낑낑거리고,

새틴은 아버지 어깨에서 뒹구네,

최근의 아내와 함께였지,

뚱뚱한 부적응자, 그렇게나 그녀는 제법 솔직하게

나를 자기 롤스로이스 안에 소유하려 했지

내 어머니 뮤리엘은 그때 흘러넘치는 옷자락으로

정원에서 파티가 끝나기도 전에

그들의 계단을 넓혔지.

거기서―나를! 나를!―오, 금방

구워낸 멕시코에서 온 검은―그들이 나를 붙잡아

새벽까지 혼자 노래하게 했지

새벽에 연주자들은 멀리 떠나고,

수영장은 희미하게 일렁이는 병아리들로 물거품 일고……

수영장을 지나, 그 고요한 풀밭에

캐노피들 너머로 아버지의 예전

프로듀서가 솟아오른 자기 언덕에 꽃잎들 흩뿌렸고

그때 엄마는 다리 위로 거즈처럼 얇은 소녀의

몸을 받치고 있었지…… 내가 항상 이렇게 살지는 않았어,

알지? 그럼에도 불구하고 스팽글 장식된 중요한 과거는
비명을 지르는 이 밤들과 재난들을 견딜 수 있게
하고. 당신한테 하는 말은 아니야. 아니, 당신, 사랑,
나의 지난 번 저택 뒤 잔디 마당에 있던
소품들처럼 서로 엮여서 둘씩
짝을 지은 댄서들만큼 즐겁네,
그게 어디에 있든지, 아니면 내가 그랬던 것처럼
내 어머니의 아들들이 일어나 나를 위해
개처럼 흔들곤 했지, 이런저런 제안을 하고,
여자들은 머물던 곳에서 흘러나와
열광하고…… 그 시절 나도 한때는 탐나는 재산이었어.

신부의 장식품

BRIDAL PIECE

우리 신혼여행

그는 우리를 물로

가꾸었다. 삼월이었다. 달이

탐조등처럼 휘청거렸다, 마치

내 머릴 가로지르는 그의 중얼거림처럼―

그는 자기 식으로 하는 사람. 해변 아래로

젖은 바람이

코를 골았고…… 나는

나의 순수를 원해. 문간에 식구들이

얼어붙어 있는 게 보여

지금, 변함없이, 변함없이. 식구들 밥이 그의 차

주변에 꾸덕꾸덕하다. 그는 우리 침낭을

재미 삼아 트렁크에 잠가 두었다, 나중엔, 깊은

끄트머리에. 로커웨이. 잠결에 그가 나에게 손을 뻗네.

거울에 비친 내 이웃

MY NEIGHBOR IN THE MIRROR

노망 든 게 분명한 *M. 교수님*이
복도 건너편에서 자기 산문과 시 모음들을
정리하고 있다. 조금 전에 한바탕 쇼핑을 하고
돌아오다가 나는 그가 바닥에 세워 둔 거창한 반신 거울 앞에서
잠시 포즈를 잡고 있는 걸 보았다.
계단에서 마주치는 걸 피할 수 없었기에
나는 터놓고 웃는 게 제일 좋다고 생각했다,
몰지각의 측면에서 우리 둘이 같은 지분을
가진 것처럼. 하지만 그는 공들인 연출로 고갤
까닥했고 장미 야자의 그 무한한 공손함은
엉터리 사기성 인사로 피어났다. 어쨌든,
최근엔 그의 스케줄에 변화가 생겼다. 그는 이제 열정 없이
받아들인다, 그가 남긴 쓰레기로 미루어 보아, 그는 오트밀 외에
는 거의 아무것도 안 먹는다.

동트기 전 내 인생

MY LIFE BEFORE DAWN

가끔 밤에 생각하곤 해 우리가 그걸 어떻게 했는지,
나를 강철처럼 그녀 안에 못 박고서, 줄무늬
등고선 시트에 대한 그녀의 과도한 열정
(나중에 난 그걸 태워 버렸는데) 그게 나를 기쁘게 해
내가 그녀에게 말했지―구운 빵을 부엌에서 자르다가―
그녀는 늘 너무 많이 했어―그녀에게 말했지, 미안해요, 당신
몫이 있는데. (그녀의 착색제가 내 머리에 말라 있는 걸 발견했어.)
그녀는 울어 버렸지. 아직도 내 악몽을 설명하지 못하겠는데:
그녀가 어떻게 효모 반죽처럼 나 왔어, 소리 지르며
현관으로 밀어닥치는지, 이 모든 시절 뒤,
생생한 색으로 돌아오는, 사랑.

혼자인 그 숙녀

THE LADY IN THE SINGLE

대서양이 두툼하고 널찍한 모래밭에
폐품을 보관하려고 솟아오른 거기
에드거타운에서 달팽이와 소라처럼
격리되어, 그 현학적인 사람들이

만나서 티를 마신다, 난장판 속에서
나는 이 주변을 고요히 유지해 나갔다
산더미처럼 쌓인 더미들,
해파리, 그 아래 물속으로

힘겹게 걸음 옮기며. 하지만 나는 보았다
큰 파도에 다시 흘러나온 그 미끈한
귀환을. 내다 팔 수 있을 정도로 윤기가 나.
그 배부른 호텔. 수줍고 눈이 나쁜

선원이 한때 이 근처에서, 나를 사랑했는데.
칠월에 우리가 머물렀던 여름 별장은
그 해엔 새하얬고, 지붕의 널이
벗겨져 있었다: 그는 눈이 잘 안 보여서

키스도 힘들었는데, 그래도 식구들과
크로케 경기를 하려고 나름 애썼다—흡사 소녀처럼,
꽃들에 버금가는 꽃들에 버금가는 부케 다발 위에서
머리를 풀어헤친 소녀. 나는 그 기억 다 잊었다고

생각했는데. 그런데 그의 유령이
구이 냄비 위 연기 속에서 형체로 나타났다.
오 년. 어둠 속에서 내던져진 그 심장은 안드로메다처럼
빈둥거린다. 아무도 전화하지 않는다.

지하철의 절름발이

THE CRIPPLE IN THE SUBWAY

한동안 나는 내가 그것(그 다리)에
익숙하다고 생각했다, 소리도 거의 듣지 못했다
나무, 시멘트, 등등 위로 그처럼 단단히 꽂히는
단단히 꽂히는 쇠막대기 소리, 그래서 그 기억들
거의 사라졌다고 혼자 생각하곤 했다,
탁탁 줄넘기 소리 같은, 또 자전거 같은
내 여동생 아래로 흐르던 그 자전거,
빛을 정지시켰던 자전거, 내 쇠쇠보다
더 환한 붉은 크롬으로 번쩍이며
얼얼하게 뒤로 구부러졌지, 혹은
밀려드는 공포로 불타는 이 구덩이를
스쳐 휘감는 그 아침보다 더 환하게, 또
쉼 없이 반짝이는 그들의 가느다란 부츠,
그 모든 새끼 염소 가죽보다 더 환하게.

간호사의 노래

NURSE'S SONG

내가 속은 것만 같다. 그 가녀린 몸은 내게 눈과 귀가 있다는 걸
잊어버린다; 자기 남자친구들이 그 아이한테 덤비게 하다니.
오늘 오후 그녀가 말했다, "아기한테 코바늘로 뜬 그 드레스를
입히세요." 그리곤 웃었다. 바로 그거다. 떠나면서, 그냥
웃기만 했다. 그녀는 여기에 없다. 아 순수여, 너의 욕조는
소문으로 꽉 막혀 있다, 그녀는 침몰하는 배,
너의 엄마다. 자기 젖가슴을 망치진 않겠지. 네 귀먹은
아버지가 티를 달라 야단하는 소리가 들린다. 잘 자, 잘 자,
나의 천사야, 네 오렌지색 곰에 고이 자리 잡고서.
그녀의 애인이 네 머리를 쓰다듬거든 소리라도 질러라.

잠깐

SECONDS

열망했다, 텅 빈 채 너무 오래
떠나 있었기에, 그가 가졌던 것, 단단함을
(반쯤 자란 내 아들) 아직도 나를
그 반지, 그 축복 쪽으로 빨아들인 그 단단
함을. 그게 그 애에게 어떤 병인지
난 알고 있긴 해도: 진 속에서 느긋이 머물며
그는 어떤 반지르르한 위협을 묶어서
내 팔과, 내 말들을 비틀어 버릴 것이다―내 아들은
모든 걸 보면서 문간에 꼿꼿하게 서 있다,
그리고 그 빠른 주먹이 갈긴다, 내 유일한
아이를, 내 생명을…… 내가 돌보는, 내가 돌보는.
이웃들이 그들의 시선으로 내게 다가오는 걸
나는 바라본다. 이제 케이크와 함께 그들의
하얀 얼굴이 커다랗게 컵 위로 떠돈다; 그들은 웃는다.
자기들 티를 홀짝홀짝 빨아 마시는 침몰한 여자들……
나는 이 불을 위해 내 집이 불타오르도록 놔둘 것이다.

꽃필 때 우리 대장이 보낸 편지

LETTER FROM OUR MAN IN BLOSSOMTIME

동쪽에서 부는 바람은 가끔
에메랄드 깃털 달린 고사리들을 휘젓는다
레이 이모 낡아빠진 부채를
떠올리게 한다 그 부채도 전성기에는
분명 깜박깜박 빛났을 것인데.
검은 눈의 수잔들이 블루베리 테를 두른다. 진열한다,
하지만, 바깥쪽에 다 있다. 우리 살림살이의 그토록
순전한 소박함을 내가 설명해 보도록 하지. 물이
쿨럭쿨럭 하더니 두 싱크대 모두 나온다,
얼음처럼 차가워; 천장에
얼룩덜룩 무늬를 남기며, 물이 새는 관습은 어떤 날씨에도
기어이 우리 집의 주인을 만든다. 모든 게 삐걱인다:
마룻바닥, 셔터들, 문. 아직도, 우리의 사기를
적당히 유지시킬 수 있는 매우 적절한 풍경이 우리에겐
있다. 심지어 마가렛조차도 몰딩 안에 쥐구멍들을 내고 있으니,
아주 속 시원하게. 하지만 아 친구야, 나는
예전의 통찰력이 아직 있다구. 어젯밤,
그 어느 때보다도 더 날카롭게, 그녀의 하얀
팔뚝이, 저녁 식사와의 무자비한
싸움에서 힐벗겨져, 나를 뚫어 버렸다; 나는

그 조개껍데기들 속에서 비너스를 보았다, 다듬어지지 않은
보티첼리: 그렇게나 진실에 기반한 행복을 나는 알지 못했다.

감방

THE CELL

(프랑스 루둔의 어슐린 수녀원 원장, 잔느 데 앙주, 1635년)

그게 늘 거기 있어요. 내 등이
불룩 튀어나와요 리넨 사이로: 하느님이
나를 망가뜨렸어요—안내하기에
부적합하게 되었지만, 제가 안내를 해요.
그들은 고요히 자기들 일을 하고요.
나는 오후의 정원을
거닐어요, 누가 내 습관 밑에
망상을 숨겨 두었나요,
내 자아는 비어 있었으니······ 하지만 *그가* 그리
한 걸요, 네.
　　　우리 아버지,
여기 누워서, 나는 듣는답니다,
태양이 화강암을 스쳐 지나며 대기 속으로
삐걱대는 소리를요, 아직도 안은 밤이고요.
나는 숨어서 기도하지요. 새벽이 오면,
혼자 온갖 방법으로, 저는 느낄 수 있어요,
그 손가락들이 내 위에서 다시 축복처럼
휘젓고 있는 것을, 어둠 속에서 고요히
그 헐벗은 등이 올라앉는 것도요.

섬사람

THE ISLANDER

내 보물, 내가 너를 *부르고 있네.* 이러려고
이걸 위해 이 몇년을 여행한 건 아니었어.
너는 지하도에서 닭을 쫓아다니며 괴롭히고,
밤들은 골목길에서 구부러져 있네 모두
그 한 줌을 얻기 위해…… 오, 미어지는 가슴,
의자에 꼼짝없이 묶여 있네.
저녁 식사는 어둠 속에서 얼어붙고 있어.
그러는 동안 나, 나의 왕자, 나의 왕자……
너의 과일이 환해지네.
네 손이 포도를 잡아당기는 걸 나는 지켜보네.

프로방스에서 온 편지

LETTER FROM PROVENCE

그 다리가 사진에 잘 나오는
그 짧은 시간 외에 당신은 아마
더 흥미로운 자료를 발견하게 될 거요.
칠월의 태양은 늘 그렇듯
그대의 교황 성하의 섬세한 도시를
돋보이게 하지요, 화강암을 금빛으로
바꾸면서 말이오. 그때 슬럼가는 멈추오,
똥으로 꽉 막혀서. 그래도 여전히
거기 아이들은 아주 적대적이진 않아서;
가끔은 가장 눈부시게
미소를 내놓곤 하지요. 그 아이들에게
나는 햇빛에 말랑해진 초콜릿을 주었는데,
아이들은 초콜릿엔 가까이 가려 하지
않더군요. 그 아이들이 사랑을 먹고 산다고 들었어요.

동굴에서 온 메모

MEMO FROM THE CAVE

오 사랑아, 너 밀폐된 새,
나의 갈색-쥐
변명들은 거꾸로 매달려 있고,
나무판자에
달랑거리는 주전자들과 함께
나는 요리할 닭이 없네;
내 거짓말들이 바닥에 식구들처럼
기어 다니고 있어 하지만 그 애벌레들은
이 둥지를 떠나지 않을 거야. 나는
절망이 당신 자리 밑에서
섹스를 하게 하네
우리의 누빔 이불이
젖어 들도록 하네, 그래서 그게 끝나면
그 진물 나는
손가락들의 썩은
냄새가 어른거리네.

맏이

FIRSTBORN

몇 주가 지나고. 나는 그들을 그냥 놔둔다,
그들은 다 똑같다, 뚜껑을 딴 수프 통조림처럼······
콩들은 솥 안에서 시큼하다. 나는 외로운 양파가
기름 범벅으로 오필리아처럼 떠다니는 걸 본다:
기운 없는 당신, 숟가락을 만지작거린다.
이제 어쩌려고? 내 보살핌이 그리운가요? 당신 정원은
장미들의 병동으로 익어 가고, 일 년 전 스탭 수녀들이
나를 휠체어에 태워 통로로 내려가던 때처럼······
당신은 못 봤지요. 나는 봤어요,
전향한 사랑을, 당신 아들을,
온실에서, 굶주림으로, 침을 흘리는······

우리는 잘 먹고 있어요.
오늘은 정육점 주인이 잘 갈은 칼을 돌려
송아지를 잡네요, 당신 좋아하는 것. 나는 내 인생으로 값을 치
룹니다.

그 힘이

LA FORCE

지금의 나를 만들었다.
회색, 그녀의 꿈의 부엌에 착
달라붙은, 뼈들 사이에서, 이렇게 흠뻑
젖은 버드나무들 사이에서 구근 하나 박으려고
쪼그리고 앉았다: 나는 그녀의 작은 땅을 돌본다. 그녀의 자존심
또 그녀의 기쁨 그녀가 말했다. 나는 자존심이 없어.
잔디가 가늘어지네; 물을 너무 많이 줬어,
그녀의 늦은 장미들은 연장 창고 너머 비료에 그만
속이 매스껍다. 이제 카드들도 다 잘렸다.
그녀는 먹을 수도 없고 계단을 올라갈 수도 없다—
내 인생은 봉인되어 있다. 사냥개를 데리고 그 여자가
올라오지만 그녀는 아무 해를 입지 않을 거다.
내가 그녀를 돌본다.

게임

THE GAME

하지만 나는 몇 년을 이렇게 살았다.
그가 나를 끝낸 후 내내—아스피린처럼 둥근 달을 붙잡았지
그러는 동안, 복도 건너에선, 이상한 사람들의
진심 어린 중얼거림들…… 나의 형벌이 동굴에서 빙빙 도는 걸
보네:

돌고. 또 돈다. 어딘가에 분명히 교훈이
있었어야 해. 제네바에서, 그 동네의 표독스런 창녀는
홀딱 벗고 누웠지, 그녀의 피부에 착 달라붙은
메리야스 천으로 죄를 보속하려고. 기억이 안 나,

내가 본 그 일이 어떻게 일어났는지. 그곳은 더러웠고. 그녀는 앉아서
그 사람들이 노크할 때까지 자기 발을 곧추세우곤 했어. 세관처럼. 그냥 기다리곤 했어.

III.

코튼마우스의 나라
COTTONMOUTH COUNTRY

코튼마우스의 나라

COTTONMOUTH COUNTRY

물고기 뼈들이 걸어서 해테라의 파도들을 잠재웠다.
죽음이 우리에게 구애한, 물가에서, 또 육지에서
우리에게 구애한,
다른 징후들도 있었다: 소나무 사이
이끼 위에서 뒹굴던 몸을 감지 않은 코튼마우스는
오염된 공기 속에서 길러졌다.
죽음 말고, 탄생은, 힘겨운 상실이다.
나는 안다. 나 또한 거기 허물을 벗어 놓고 왔으니.

낸터킷에서 죽음을 딛고
경이롭게 살아남은 이들

PHENOMENAL SURVIVALS OF DEATH IN NANTUCKET

1.

여기 낸터킷에서 그 자그마한 영혼은

바다를 마주한다. 하지만 이 성분은 낯선 토양이 아니다;

나는 바다를 내 마음, 괴로운 부분의

연장으로 본다, 파도, 마음의 파도라고,

낸터킷에서 그들이 간질로 그 헐벗은 해변에

쓰러졌을 때다. 나는 본다

숄을 걸친 형상 하나를, 내가 잠들어 있을 때 "우리 인생은

탄생과 죽음의 기적 사이에 있는

가닥이다. 나는 성녀 엘리자베스다.

내 바구니 안에는 칼이 있다"라 말하는 형상을.

잠에서 깨어 나는 본다, 낸터킷을, 그 익숙한 땅을.

2.

잠에서 깨어 낸터킷을 본다, 이렇게 울리는 목소리와 함께라면

나는 당신에게 조종을 울릴 수 있다, 저 아래 보이는 지역의 징
표를:

셋째 날 밤에, 허리케인이

왔다; 나의 성녀 엘리자베스는 오지

않았고 어떤 것도 그 굳건한 종말에서 빌려 온
배를 막을 수는 없었다. 번개로 움푹 파인
파도가 나의 느슨해진 돛대를 쏘아 올리면서
아래로 곤두박질치고, 내가 뒤따라간다. 그들은 네게 말하지 않고
다만 산호로 변해 버린 뼈들만이 버려진 보물 속에서
여전히 냄새를 풍기고 있다. 조개껍데기 속에서
당신이 듣는 소리를 나는 그냥 지나쳤다.

3.
조개껍데기에서 당신이 듣는 소리, 그 굉음을 지나,
진정한 바닥이 있다: 악명 높은 평온이다. 의사는
문을 닫고 나를 앉히고 밧줄들을 잡았다,
총기들은, 손이 닿지 않는 곳에, 그리곤 부푼 희망으로
약속했다, 성녀 엘리자베스는 음식 조금 혹은
자선용 꽃만 지니고 있었다고, 또 나는 낸터킷의 휴양지 섬 밑에
파묻히지 않았다 거기선 바닷가에 사는 동물들이
비교적 평화롭게 공존의 삶을 산다.
파리들, 달팽이들. 잠결에 나는 이것들을 보았다
대지와 대기의 편안한 천사와 같은 존재들을.

새벽이 낸터킷 바다의 그 넓게

4.
빛나는 희디 흰 몸으로 올 때,
나는 다른 건 기억하지 않고 다만 목걸이 로켓을 찰 것이다
안에 내 애인의 머리카락을 넣어서
신부처럼 걸어갈 거다, 그를 내 안에 입고 있을 거다.
이 얕은 곳에서부터
바다의 자비는 팽창한다.
내 첫 번째 집은 이 모래 위에 지어지게 되겠지,
나의 두 번째 집은 바다 속에.

부활절 시즌

EASTER SEASON

소리가 거의 없다…… 다만 작은 나무들의 불필요한 동요만
있을 뿐, 향긋한 온도가 우리 해안에 방부제처럼
드리울 때. 나는 사람들이 종려나무를 들고 물밀듯 나오는 걸
보았다. 웨체스터에서는 크로커스가 암처럼 퍼지고.

이것은 나의 죽음이 될 것이다. 나뭇잎들이 다가오는 걸 느낀다,
사방에서 또 위에서 어떤 징조가 위태롭게 다가오는 것도.
그건 진짜가 아니다. 초록색 씨앗 꼬투리, 얇은 새싹의
연회색 껍질이 하강한다. 나머지는 부활한다.

조각들

SCRAPS

우리 집에는
암호가 있었다.
자물쇠처럼; 그들은 말했다
우린 너한테는 절대로
문을 잠그지 않아.
정말로 그랬다.
그들의 침대가
서 있었다, 욕조처럼 티 없이⋯⋯
나는 매일 거길 지나갔다
이십 년 동안, 그러다
내 길을 갔다. 내 일은
시간을 표시하는 일. 일곱 살 때
엄마 무릎에서 거리를 배우며
내가 직접 본 책들에다
유물을 붙이는 일.
내가 좋아하는 아버지 사진은
마흔 가까운 아버지를 보여 준다,
맏이의 텅 빈 얼굴 위로
그의 얼굴은 서정적이다.
흔한 기적이다.

나무 위의 집

THE TREE HOUSE

양동이가 썩은 줄에 매달려 있다,

우물이 습지로 헹구어진 곳,

빙글빙글 둘러쳐진

갈대밭이 사슴 섬으로 날아가고 섬은

서리 내린 산성 지역 한가운데 있다: 산딸기

따는 곳. 하루 종일 나는 땅이 큰 바다 속으로

부서지는 걸 지켜보았다. 한참 전에 일어난 일,

그리곤 가 버렸다─없는 것─부서진 둑의 일부는

자기들 방식으로 가거나, 혹은 가라앉는다, 뻗어 나가는 물.

얼마 안 남았다. 이 창문을 지나, 여기선

엄마의 바질이 샐러드에 익사했는데,

나는 우리 과수원을 볼 수 있다, 새들을 꼭

껴안고 있는 발삼나무들도. 바질은 그냥 방치했는데

무성해졌다. 내 방을 열어라, 나무들아. 아이가 왔다.

자오선

MERIDIAN

롱아일랜드해협이
잠이 들었다: 늘어진 빛 속에서
작은 만을 따라 바람 한 점
바스락거리지 않고
일요일에 나오는 두 돛단배가
보일 듯 말 듯 멈춰 서서
견디고 있다,
마비, 혹은 평화다,
뭐라도 좋다, 그리고 지쳐 버린 해는
옅은 안개에 붙어 있는 날벌레들을 지나
가라앉고, 진창 같은 바다 위로
모기들이 잔물결처럼 날고 있다.

늦은 눈

LATE SNOW

칠 년이나 나는 지켜보았다 옆집 부인이
텅 빈 짝을 산책시키는 걸. 어느 오월 그는 고개를 돌려 보았다
번데기 한 마리가 크리넥스 생물체를 낳는 걸:

그것들이 뭔지 그는 잊어버렸다. 하지만 기분 좋은 날이면 그녀는
그를 데리고 왔다 갔다 한다. 또 그에게 몸을 구부린다.
그는 휠체어에서 꾸르륵 소리 내더니, 마침내

지난 가을에 세상을 떠났다. 새들이 올해에도 곧
돌아올 거라고 생각한다. 민달팽이들은
눈 때문에 다 사라져 버렸다. 그래도, 늘 그렇듯,

그녀는 자신도 젊진 않았다. 그의 무게를 그런 식으로 밀다 보니
다리가 성치 않게 되었음이 틀림없다. 늦은 눈은 울새나무를
껴안는다. 그게 오는 걸 난 보았다. 엄마는 자신의 알들 위에서
시든다.

플로리다로

TO FLORIDA

그 잔혹한 작은 집들이
남쪽으로, 아래쪽 땅으로,
흘러갔다. 캐롤라이나를 지나,
거기선 욱신거리는 구름들 아래로
꽃들이 피어나기 시작했고, 그들이 우리를 먹여 살렸다
차가운 음식들이, 공짜로. 우린 선택의 여지가 있었다.
아래로는, 계절들이 뒤틀리고; 세월이
필름처럼 뒤로 감긴다, 그 방을 향해,
그리고 실수가 드러난다,
소리 없이, 벗기려고. 표지판에
불이 들어온다. 복도 건너편에는
노인이 자다가 씰룩거리고. 그의 마음은
시간 속에서 단단해질 것이다. 그의 건강은
종점에서 그를 만날 것이다.

노예선

THE SLAVE SHIP

사장님: 수익을 낼 항해가

포츠머스 가까이 왔는데 우리는

잘 하지 못했네요. 바람이 줄곧

우리 항로에 시비를 걸고 매일 선원들은 칭얼거리는 것 같아요·

싱싱한 여자의

살이나 피를 원하니까요. 남는 게

하나도 없어요; 이번엔 이유 있는 공포를 느낍니다. 다른

뉴스는 전혀 없어요. 일주일 전에

우리는 아프리카인들을 가득 쟁여 놓은 상인과 거래했어요,

내가 알기론 왕족이었는데 그들의 피부는 내 선원들의 눈에

공포를 박았지요—저의 뜻과 달리 그들은 배에 올라탔어요, 그
리곤

조지아에서 떠난 느린 새벽에 배에 실은 금을

다 훔치고선 그 살아 있는 화물을 죽여 버렸어요.

동지

SOLSTICE

유월 끄트머리. 해가
친절해진다. 새들은 해안에서 담긴
맑은 공기의 흐느낌 속에 뒹굴고…… 비-
현실적이다. 비현실적이다. 나는

화면에서 흩어지는 그 약을 본다. 밖에선,
이웃집 새끼가, 돼지우리 속에서 졸면서,
배부른 괴물을 쭉쭉 빨고 있다, 시간이
있다면. 이제 종말이 시작된다:

포장된 단어들. 그는 자기 욕구를 다시 가르랑거린다.
나머지는 텅 비어 있다. 취해서, 완전히
눈이 먼 채로, 그녀는 자물쇠 문까지 비틀비틀 걷는다,
기저귀들을 지나서. 일하는 크리스마스다,

한 해의 정확하고,
끔찍한 상승이, 얼음 속에서 절정에 달한다.

작은 만

THE INLET

말문이 막힌다. 대양을 여행하는 돌이
청록색을 돌려주고; 작은 동물들은 잡초 아지랑이에
반짝인다, 씨앗 꼬투리의 이런 저런 순서가
썩은 덩굴 위에서 완벽한 섬세함으로 달그락거리고.
내 손가락 사이로 뭐가 빠져나가고 있는지 나는 안다.
해테라에서 돌들은 진흙으로 미끈거렸다.
석양이 스테이크 피처럼 새어 나오다가,
가라앉고, 내 동료는 내 손가락에
자기 손가락을 걸어 흔들었지. 우즈 홀,
에드거타운, 빗속의 포도밭,
비가 내리지 않는 포도밭, 우스터의 눈처럼
석탄 나라의 가스처럼, 뿜어 나오는 비.
풀과 황금 막대기가 내게로 온다,
밀크위드가 나를 덮는다, 갈대도. 하지만 이 수수께끼는
이름이 없다: 덩굴손처럼 엉켜 있는 엄마 머리카락에다
눈 먼 아기가 주먹을 꼼지락하려 애쓰는 걸
나는 보았다, 바람을 쐬는 거다. 대기는 타오르고,
해초가 수조에서 쉬익쉬익 소리를 낸다.

　　파도치는, 지구의 가장자리 옆에서,

죽음으로 가는 태양의 수레바퀴 앞에서,
나는 무서운 꿈을 꿨고, 새들의 소음을
뚫고, 그 소음, 이별하는 사초의 허리케인은
위험한 소강상태에 이르렀다.
하얀 수초들, 하얀 파도의 하얀
머리 껍질들이 지워지는 빛에 흩어진다.
그리고 오직 나, 사드락만이, 살아서 멀쩡하게 돌아온다.

새터날리아

SATURNALIA

해가 바뀐다. 늑대는 자기 젖꼭지를 되찾는다,
이 밀랍 인형들, 그 영원한 도시를 지나서
전쟁은 제국을 갉아먹는다.
우리 차례는 끝났다. 귀족이
봉기하는 건 로마 방식이 아니다: 별 볼일 없는 베르킨게토릭스는
북쪽 방향으로 자기 의지를 다진다. 별이
탄생했다.   시저는
원로원 건물 위에 있는 자신의 횃대에서 코를 곤다.

이게 역사다. 얼음이 배관을 막고; 내 친구여,
나는 일어나 대리석 위에다
서리를 내린다, 사람들이 여기서 어떤 징조로 받아들이는
냉기 위에도. 그 신화는 수축한다. 위안을 얻고자
모든 출연진이 일을 회피하고 기도한다,
심판을 준비하며. 심판은 실패한다. 일 년,
이십 년—우리는 길을 잃었다. 이 달에 축제들이 시작된다.
번영을 보장받으려고 우리가 바치는 기름 뚝뚝 듣는 칠면조를
시늉만 하는 노예들이 빨아먹고 있다.

만이

초판 1쇄 인쇄일 2022년 11월 29일
초판 1쇄 발행일 2022년 12월 8일

지은이 루이즈 글릭
옮긴이 정은귀

발행인 윤호권
사업총괄 정유한

편집 구민준 **디자인** 박지은(표지) 김지연(본문) **마케팅** 정재영 명인수 윤아림 김솔희 이아연
발행처 ㈜시공사 **주소** 서울시 성동구 상원1길 22, 6-8층(우편번호 04779)
대표전화 02-3486-6877 **팩스(주문)** 02-585-1755
홈페이지 www.sigongsa.com / www.sigongjunior.com

글 ⓒ루이즈 글릭, 2022

ISBN 979-11-6925-360-4 03840
ISBN 979-11-6925-438-0(세트)

*시공사는 시공간을 넘는 무한한 콘텐츠 세상을 만듭니다.
*시공사는 더 나은 내일을 함께 만들 여러분의 소중한 의견을 기다립니다.
*잘못 만들어진 책은 구입하신 곳에서 바꾸어 드립니다.

루이즈 글릭 작가 연보

1968년 데뷔작 시집 〈맏이Firstborn〉 발표

1975년 시집 〈습지 위의 집The House on Marshland〉

1980년 시집 〈내려오는 모습Descending Figure〉

1985년 시집 〈아킬레우스의 승리The Triumph of Achilles〉

1985년 전미 비평가상 〈아킬레우스의 승리〉

1990년 시집 〈아라라트 산Ararat〉

1992년 시집 〈야생 붓꽃The Wild Iris〉

1993년 퓰리처상 〈야생 붓꽃〉

1993년 윌리엄 칼로스 윌리엄스상 〈야생 붓꽃〉

1995년 시집 〈첫 시집 네 권 1962~2012The First Four Books of
Poems 1962~2012〉

1995년 산문집 〈증명과 이론Proofs and Theories〉

1995년 PEN 마르타 알브랜드상 〈증명과 이론〉

1996년 시집 〈목초지Meadowlands〉

1999년 시집 〈새로운 생Vita Nova〉

2001년 시집 〈일곱 시기The Seven Ages〉

2001년 볼링겐상

2006년 시집 〈아베르노Averno〉

2007년 영어권 연합 대사도서상 〈아베르노〉

Louise Glück

네가 나를 던져 버리는 걸 보려고
살았어. 그물에 걸린 물고기처럼
내 안에서 싸웠네. 네가 내 걸쭉한 점액 속에서
펄떡이는 걸 보았어. 살다가 보았어,
그 모든 것 모든 게 변기 물로 내려가 버린 걸
그 쓰레기가. 끝났나?
그것은 내 안에 산다.
너는 내 안에 산다. 악성이다.
사랑아, 넌 늘 나를 원하네. 그러지 마.

죽음, 인생, 환원, 가족에 관한
그녀의 이야기!

값 13,000원
979-11-6925-360-4 03840
979-11-6925-438-0(세트)

First Born

맏이

루이즈 글릭 지음
정은귀 옮김

옮긴이의 말 각별한 '당신의 첫'에게_정은귀

Louise Glück

시공사